DESARTICULACIONES

Charco Press Ltd.
Office 59, 44-46 Morningside Road,
Edimburgo, EH10 4BF, Escocia

Desarticulaciones © Sylvia Molloy, 2010
© de esta edición, Charco Press, 2022
Primera edición publicada por Eterna Cadencia (Argentina)

Obra editada en el marco del Programa 'Sur' de Apoyo a las
Traducciones del Ministerio de Relaciones Exteriores y Culto de la
República Argentina. / Work published with funding from the 'Sur'
Translation Support Programme of the Ministry of Foreign Affairs of
Argentina.

La matrícula del catálogo CIP para este libro se encuentra disponible
en la Biblioteca Británica.

ISBN: 9781913867393
e-book: 9781913867409

www.charcopress.com

Edición: Carolina Orloff
Revisión: Luciana Consiglio
Diseño de tapa: Pablo Font
Diseño de maqueta: Laura Jones

Sylvia Molloy

DESARTICULACIONES

.

CHARCO PRESS

Para ML., que todavía está

Tengo que escribir estos textos mientras ella está viva, mientras no haya muerte o clausura, para tratar de entender este estar/no estar de una persona que se desarticula ante mis ojos. Tengo que hacerlo así para seguir adelante, para hacer durar una relación que continúa pese a la ruina, que subsiste aunque apenas queden palabras.

Desconexión

La fuimos a ver una tarde y, mientras yo me cercioraba de que todo estaba en orden, E. se quedó conversando con ella en su dormitorio, donde pasa buena parte del día, mirando a través de la ventana el exiguo rectángulo de cielo que queda entre dos edificios. Me contó algo que no sé si sabía que me estaba contando, me dijo E. cuando volvimos a casa, me contó que de chica fue con una tía a visitar a una parienta vieja que estaba internada muy grave, conectada a una máquina, y que en algún momento en que estaban solas con la enferma la tía había hecho un movimiento con la cabeza, como asintiendo —me mostró el movimiento, me dice E., reproduciéndolo a su vez—, y ella se había agachado y había desconectado la máquina que respiraba por la enferma. Y que después se habían ido.

E. me dice que no sabe qué desencadenó esta historia, ni si se daba bien cuenta de lo que le estaba contando, pero era como si necesitara contármelo, dice, o contárselo a alguien, a lo mejor no se lo ha contado nunca a nadie. O a lo mejor lo inventó, pienso yo, preguntándome si conectaban a la gente a máquinas que la mantuviera viva en los años veinte, o a lo mejor esto pasó más tarde y lo cuenta como si hubiera ocurrido cuando era chica, para diluir la responsabilidad de matar a alguien. No lo sabremos nunca, claro está, porque ya ha olvidado esta historia. Y da lo mismo.

Releo lo escrito y se me ocurre otra cosa, acaso obvia: ¿Y si nos estuviera pidiendo algo?

Retórica

A medida que la memoria se esfuma me doy cuenta de que recurre a una cortesía cada vez más exquisita, como si la delicadeza de los modales supliera la falta de razón. Es curioso pensar que frases tan bien articuladas —porque no ha olvidado la estructura de la lengua: hasta se diría que la tiene más presente que nunca ahora que anochece en su mente— no perdurarán en ninguna memoria. Esta mañana cuando llegué dormía profundamente, después de la frenética alteración de ayer. Abrió los ojos, la saludé, y dijo "Qué suerte despertar y ver caras amigas". No creo que nos haya reconocido; individualmente, quiero decir. Hace dos días, antes de la crisis, le pregunté cómo se sentía y me dijo "Bien porque te veo". A la enfermera hoy le dijo "Estás muy linda, te veo muy bien de cara", a pesar de que era la primera vez que la veía y que la enfermera no hablaba español. Traduje, y la enfermera la amó en el acto. También la amó en el acto, recuerdo, una mesera negra dominicana que nos atendió un día en un café, cuando todavía andaba por la ciudad sin perderse. La mujer nos oyó hablar español y cuando le dijimos de dónde éramos no podía creerlo, dijo que no nos imaginaba latinoamericanas porque éramos de "raza fina". Como un rayo ella respondió "raza fina tiene la gente buena".

A una amiga que no la ve desde hace tiempo y a quien llevo a verla: "¿Querés que te muestre la casa?". Y ante nuestra sorpresa nos lleva de cuarto en cuarto como si se acabara de instalar y nosotros la visitáramos por primera vez.

Lógica

Opera impecablemente por deducción, con lo cual compruebo, una vez más, que para pensar razonablemente no es necesaria la razón. Como siempre me pregunta por E., aunque a estas alturas el nombre para ella se ha vaciado, cuando la ve igual me dice, cuando me despido, cariños a E., como si no estuviese allí. Le contesto E. está bastante cansada, hoy tuvo un día largo en el juzgado. Por supuesto, me contesta, es verdad que ustedes andan complicadas con ese juicio terrible. No, me apresuro a contradecirla, no, como para ahuyentar la posibilidad de que sus palabras tengan poder convocatorio, no, qué esperanza, simplemente tuvo un día largo en el juzgado porque allí trabaja, es abogada. Me parece que la desilusiono. Creo que su explicación, en cierto sentido perfectamente lógica (juzgado, por ende juicio), le gustaba más. Era por cierto más dramática.

Cuestionario

Recuerdo otro ejemplo de lógica, éste poético. Cuando todavía la llevaba a la clínica donde le hacían evaluaciones para medir la pérdida gradual de la memoria, le pedí un día que me contara qué tipo de preguntas le hacían. Me preguntaron qué tienen en común un pájaro y un árbol. Yo, intrigada: ¿y vos qué contestaste? Que los dos vuelan, me dijo, muy satisfecha. Pensé que sin duda la pregunta había sido otra, pero nunca llegué a saberlo. O quizás no. Acaso algo tengan en común, el árbol y el pájaro.

Al recordar este incidente me vuelve otro en el que ella no participa. En una de esas visitas a la clínica, mientras a ella le hacían pruebas y yo esperaba, me tocó compartir la sala de espera con otra desmemoriada, acompañada por una pareja joven, acaso el hijo y su mujer. También esperaba a que le hicieran las pruebas. Escuché cómo la pareja le hacía preguntas, entrenándola para que acertara. ¿Quién es el presidente de los Estados Unidos? ¿Cuál es la capital de este país? Querían que quedara bien, que no hiciera mal papel. Pero no le preguntaron qué tenían en común el árbol y el pájaro.

Traducción

Como la retórica, la facultad de traducir no se pierde, por lo menos hasta el final. Lo comprobé una vez más hoy, al hablar con L. Le pregunté si el médico estaba al tanto de que ML. había sufrido un mareo y me dijo que sí. Por curiosidad le pregunté cómo le había transmitido la información, ya que L. no habla inglés. Me lo tradujo ML., me dijo. Es decir, ML. es incapaz de decir que ella misma ha sufrido un mareo, o sea, es incapaz de recordar que sufrió un mareo, pero es capaz de traducir al inglés el mensaje en que L. dice que ella, ML., ha sufrido un mareo. Es como lograr una momentánea identidad, una momentánea existencia, en ese discurso transmitido eficazmente. Por un instante, en esa traducción, ML. *es*.

Identikit

¿Cómo dice *yo* el que no recuerda, cuál es el lugar de su enunciación cuando se ha destejido la memoria? Me cuentan que la última vez que la llevaron al hospital le preguntaron cómo se llamaba y dijo "Petra". Una de las personas que estaba con ella vio la respuesta como signo de que todavía era capaz de ironía, se indignó ante las pocas luces del médico que "no entendió nada". Pienso: si es que hay ironía, y no mero deseo de creerla capaz de ironía, se trata de una de esas ironías que llaman tristes. ¿Petra, piedra, insensible, para describir quien se es?

Running on empty

En dos ocasiones se ha producido como una descarga en su memoria y surgen fragmentos desconectados de un pasado que parecía para siempre perdido, como islas que deja un tsunami cuando retrocede. Es como si se despertara de una larga apatía con una excitación febril: habla sin parar, hace preguntas, planes, se muestra previsora, eficiente. En una ocasión empezó a dar órdenes, no manden todavía ese texto a la imprenta, tengo que ver si quedan erratas, luego hay que dárselo a X. y necesito hablar con esa muchacha que se ocupa de las cosas de V. (No hablaba de V. desde hacía años, pero no me atrevo a preguntarle por ella, me atengo a su guion.) Sí, le digo, no te preocupes, no voy a mandar nada antes de que vos lo veas.

Creo que no le costaría corregir el estilo de un texto, aun cuando no entendiera nada de lo que dice. Yo misma de vez en cuando recurro a ella, ¿se dice de esta manera o de tal otra? Invariablemente acierta.

Que goza de buena salud

No recuerdo en realidad haberla visto nunca enferma, más allá de algún resfrío, alguna gripe: alguna descompostura, como se decía en otra época. Acaso no pueda recordarla enferma porque durante años yo la necesité sana, freudianamente *certissima*, como para compensar mi malestar y mis vaivenes. Ahora, cuando se habla en su presencia de enfermedades, más de una vez le he preguntado por su salud, sintiéndome levemente hipócrita, curiosa por saber qué conciencia tiene de su desmemoria. Siempre me contesta lo mismo, que ella nunca ha estado enferma, es decir, nunca ha tenido una enfermedad seria, soy básicamente una persona muy sana, en eso he tenido mucha suerte.

Libertad narrativa

No quedan testigos de una parte de mi vida, la que su memoria se ha llevado consigo. Esa pérdida que podría angustiarme curiosamente me libera: no hay nadie que me corrija si me decido a inventar. En su presencia le cuento alguna anécdota mía a L., que poco sabe de su pasado y nada del mío, y para mejorar el relato invento algún detalle, varios detalles. L. se ríe y ella también festeja, ninguna de las dos duda de la veracidad de lo que digo, aun cuando no ha ocurrido.

Acaso esté inventando esto que escribo. Nadie, después de todo, me podría contradecir.

Despedida

Está dormida, te puedes ir. No sé si duerme, se queda así, a veces. No, no, está dormida de veras, no ves que se le aflojó la boca que siempre tiene apretada, te digo que te puedes ir. Dejá que por lo menos le dé un beso. La vas a despertar, no vale la pena, yo le digo que estuviste, total se olvida enseguida. Pero no es lo mismo, protesto. No, no es lo mismo.

Erótica

Hace poco no pude resistir la tentación de mencionarle el nombre de H. para ver cómo reaccionaba. ¿Recordás algo de él?, le pregunté, viendo que el nombre, si bien reconocido, no parecía suscitar en ella eco alguno. No, pero si lo viera seguro que me acordaría, me contestó. Pensé: no lo verá nunca porque él murió hace tiempo y ella no reconoce a la gente en las fotografías. Quién es, a veces pregunta, señalando una fotografía de su madre. Pensé también: es el hombre que la obligó a excesos sexuales poco comunes, excesos que él me obligaba a observar, vestida, sentada en un sillón delante de ellos. Es una suerte que no los recuerde; y que no recuerde que era yo quien los miraba.

Trabajo de cita

Recuerda poemas, fragmentos de Aristófanes en griego, algún poema de Darío. Surgen las citas de improviso, alguna frase de Borges. Hoy (¿pero qué es "hoy" para ella?) se acordaba de pedacitos de versos de claro corte neoclásico, algo de asir por la melena al león ibérico, por un momento pensé que provenían de esa parte del himno nacional que no se canta, pero no, eran versos todavía más belicosos y ripiosos. Le pregunté por qué se acordaría de esos versos, y me contestó con muy buen tino que seguramente porque había en ellos palabras que de chica le gustaban por raras, como el verbo asir. Es perfectamente razonable lo que me dice, pienso, incluso inteligente. ¿Cómo puede ser esta la misma persona que me pregunta, acto seguido y por enésima vez, si hace frío afuera y si quiero tomar el té cuando acabamos de tomarlo?

Pero las citas que mejor funcionan son las que provienen de la doxa burguesa, las que remiten al código de las buenas maneras.

Ceguera

Durante un tiempo entretuve una teoría que acaso sea acertada. Recordaba que a Borges siempre le había costado hablar en público, al punto que cuando le dieron el premio nacional de literatura tuvo que pedirle a otro que leyera su discurso de agradecimiento. Yo solía identificarme con esa timidez para hablar, yo que casi no podía dar clase y tenía que imaginar que no me miraba nadie para no tartamudear. Hasta que se me ocurrió que Borges sólo había podido superar esa dificultad (la voz que se estrecha no queriendo salir, y que cuando por fin sale, tiembla) al quedarse ciego, porque entonces no veía a su público, que era como pensar que no existía.

Ahora, cuando la visito me ocurre lo contrario. Hablo y hablo (ella no aporta nada a la conversación) y cuento cosas divertidas, e invento, ya lo he dicho, cada vez con más soltura. Y no es que tenga que imaginarme a mí misma ciega sino que es ella la que no ve, no reconoce, no recuerda. Hablar con un desmemoriado es como hablar con un ciego y contarle lo que uno ve: el otro no es testigo y, sobre todo, no puede contradecir.

Expectativa

Ayer fue por alguna razón una visita particularmente patética, es decir, yo me quedé melancólica. Son los únicos sentimientos de los que puedo dar cuenta, los míos; los de ella ya son casi imposibles de leer, más allá de la sonrisa o de una exclamación de dolor. Yo me quedé melancólica; ella no creo que se haya quedado nada. Me estaba esperando cuando llegué, es decir, la habían preparado para que me estuviera esperando, diciéndole cada tanto que yo estaba por llegar para crear, siquiera por un momento, una actitud de espera. Me pregunto qué ocurriría si no le anunciaran mi visita, si de verme aparecer de pronto me reconocería; prefiero no averiguar. Ayer cuando llegué estaba sentada en un sillón, muy quieta y —como se decía en otra época, acaso como ella misma habrá dicho en otra época— muy compuesta. El hecho de verla bien vestida y bien peinada, sabiendo que otras manos la vistieron y la peinaron, agrega al patetismo, acrecienta ese aire de no persona que a veces le noto, de una no persona —valga la paradoja— muy digna. La cara se le ilumina al verme, te estaba esperando, me dice, como algún personaje de Rulfo.

Cumpleaños

Dentro de dos días es su cumpleaños, le traigo un regalo por adelantado, un equipo estereofónico porque el suyo se ha descompuesto y la música la acompaña cuando ya no pueden hacerlo los libros. Coloco un cd de tangos que encuentro allí, no cantados pero ella los tararea, pedacitos de letra que le quedan, yo adivino el parpadeo, volver con la frente marchita las nieves del tiempo, no habrá más penas ni olvidos, desde que se fue triste vivo yo, mientras estudia minuciosamente el mensaje que le he puesto en una tarjeta de cumpleaños, desconcertada, como queriendo entenderlo mejor.

Rememoración

Más de una vez me encuentro diciéndole te acordás de tal y cual cosa, cuando es obvio que la respuesta será negativa, y me impaciento conmigo misma por haberle hecho la pregunta, no tanto por ella, para quien el no acordarse no significa nada, sino por mí, que sigo lanzando estos pedidos de confirmación como si echara agua al viento. ¿Por qué no le digo "sabés que una vez" y le cuento el recuerdo como si fuera un relato nuevo, como si fuera relato de otro que no pide identificación ni reconocimiento? Lo he hecho alguna vez, le cuento cómo una vez fuimos a Buenos Aires juntas y nos pararon en la aduana porque ella llevaba una bolsita con un polvo blanco y los vistas no le creyeron cuando les dijo que era jabón en polvo, usted cree que aquí no hay jabón de lavar, señora, y nos tuvieron horas esperando mientras analizaban el polvo. Ella se divierte, piensa que exagero, yo hice eso, me dice, con retrospectiva admiración. Sí, le aseguro, y otra vez viajaste gratis llevando una estola de visón que mandaba un peletero a una clienta argentina. Y esa vez no te pararon no sé cómo, era pleno verano y vos entraste con la piel puesta. Sigue sonriendo, entre satisfecha y desconcertada.

No puedo acostumbrarme a no decir "te acordás" porque intento mantener, en esos pedacitos de pasado compartido, los lazos cómplices que me unen a ella. Y porque para mantener una conversación –para mantener una relación– es necesario hacer memoria juntas o jugar a hacerla, aun cuando ella –es decir, su memoria– ya ha dejado sola a la mía.

Listas

Hubo un momento previo a estas visitas cuando, dándose cuenta —si es que uno se da del todo cuenta— de que iba perdiendo la memoria hacía listas de cosas que tenía que hacer, o cosas que no tenía que olvidar. Recuerdo haber visto un par de esas listas, una pegada con una chinche a una pizarra en la cocina, otra entre papeles que me tocó ordenar en alguna ocasión, garrapateadas con mano insegura, casi ilegibles, para no decir incoherentes, listas donde convivían sin ton ni son personas y objetos. Me recordaban las que me dictaba mi madre para no olvidarse, anotá: Enrique, begonias, mesa del comedor, carne picada. Eran listas solo comprensibles para ella, pero entonces es el caso de toda lista: si falta el sujeto que la arma no hay quien le dé sentido.

Eran, sobre todo, listas que ML. se olvidaba de consultar. Lo sé por experiencia propia. Hoy, antes de ir a visitarla, pasé por la farmacia para recoger un par de cosas que le quería llevar. Solo al llegar a su casa me acordé de que me había olvidado de algo, es decir, solo entonces miré la lista.

De la propiedad en el lenguaje

"¿Te conoce todavía?", me preguntan. "¿Cómo sabés que todavía te conoce?". Efectivamente no lo sé, pero habitualmente respondo que sí, que sabe quién soy, para evitar más expresiones de pena. Sospecho que si L. no le dijera mi nombre, antes de pasarle el teléfono cuando la llamo, o antes de abrirme la puerta cuando la voy a visitar, sería una extraña para ella. De hecho, la mención de mi nombre ha perdido su capacidad de convocar, no le provee mucha información. La impulsa, sí, a preguntarme por E. y por "el gato", pero me consta que no sabe quién es E. porque me ha preguntado por ella en su presencia, cómo está tu compañerita. En cuanto a la mención del "gato" así, anónimo, es una expresión más de sus buenos modales. O acaso un lejano recuerdo de un arquetipo platónico, como si me preguntara por la gatidad.

Ayer descubrí que me había vuelto aún menos yo para ella. La llamé y a pesar de que L. le pasó el teléfono diciéndole quién llamaba me habló de tú —de tú y no de vos— durante la conversación. Fue una conversación cordial y eminentemente correcta en un español que jamás hemos hablado. Sentí que había perdido algo más de lo que quedaba de mí.

Reproducción

Al escribirla me tienta la idea de hacerlo como era antes, concretamente cuando la conocí, de recomponerla en su momento de mayor fuerza y no en su derrumbe. Pero no se trata de eso, me digo, no se trata de eso: no escribo para remendar huecos y hacerle creer a alguien (a mí misma) que aquí no ha pasado nada sino para atestiguar incoherencias, hiatos, silencios. Esa es mi continuidad, la del escriba. Pero me reconforta cuando a veces emerge de su desprendimiento −acaso una forma de sabiduría− con alguna impertinencia que me la devuelve como era: ocurrente, irónica, esnob, criticona y hasta a veces maligna. ¿Habrá sido todo esto o exagero?

Desencanto

Por teléfono me dice algo que nunca le he oído, algo que rompe con la serenidad que le vengo atribuyendo, algo que, por un momento, revelaría un reconocimiento del que no la creo capaz. Hablamos de L., le digo que tiene suerte de que la acompañe y la cuide, me dice que sí, que tiene mucha suerte, pero que la pone mal dar tanto trabajo. Pero si vos no das trabajo, le digo, para tranquilizarla, y porque me doy cuenta de que no se trata de una frase hecha, una manifestación más de las buenas maneras. A mí me parece que sí, contesta con voz desanimada. Estás un poco triste, le digo, y me dice que sí, bastante triste, con el mismo tono desmayado, opaco. Reconoce, pienso. Sabe, pienso. No, no son las buenas maneras.

Silabeo

Hace tiempo que inventa palabras, como hablándose a sí misma en un lenguaje impenetrable. Ayer cuando la fui a ver repetía *jucujucu*. Le pregunto qué significa; nada, me dice, es una palabra que inventé. Luego empezó a contar las sílabas con los dedos, rítmicamente, ju-cu-ju-cu. Qué lástima, dice, mirándose el dedo meñique, tiene una sílaba de menos. Por qué no se la agregás, sugiero; puede ser ju-cu-ju-cu-ju. Intenta de nuevo y esta vez hay un dedo para cada sílaba. Qué suerte, dice, y sonríe satisfecha.

Puño y letra

Es incapaz de firmar su nombre, no porque no se acuerde de cómo se llama (creo) sino porque ya no puede escribir. La primera vez que lo noté empezó a firmar y luego quedó en suspenso, como quien olvida cómo sigue un verso aprendido de memoria. Desde entonces he intentado varias veces hacerla firmar, con cualquier excusa, para ver si vuelve a encontrar el envión para terminar el nombre pero ha sido en vano. Se ha ido la letra, el nombre escrito, que es otra forma de estar en el mundo.

A veces, haciendo orden en mis papeles, me encuentro con algo escrito por ella, una ficha con un título, o una nota que acaso sirvió para algún artículo que escribimos juntas. Son notas que han sobrevivido a su utilidad pero me cuesta tirarlas. Forman un montoncito en un cajón del escritorio, pedacitos de escritura que me dicen que una vez estuvo.

De la necesidad de un testigo

Hoy durante la hora que pasé en su casa hablé largamente con R., la mujer que se ocupa de ella cuando L. no está. Le pregunto si la capital de su país es tan peligrosa como dicen que es, me contesta que no, no más que cualquier ciudad latinoamericana. ML. asiente con una sonrisa como si estuviese al tanto de lo que se dice, todas las ciudades son peligrosas, dice. Pero la mía lo era más, dice R., en la época de la guerrilla, yo sé lo que le digo. Y luego nos cuenta que fue agente de policía en su país antes de venir a los Estados Unidos, agente de investigaciones, creo que dijo, y que había sido secretaria de un coronel y también de un general, y que sin duda murieron algunos inocentes pero también murieron muchos guerrilleros, y queda claro a qué régimen se refiere, y ML. sonríe como si oyera decir que hace calor o frío o que llueve, y yo pienso cómo habría reaccionado si de veras entendiera lo que R. decía con toda tranquilidad, eso que a mí me reducía al silencio, eso sorprendente y terrible que no podríamos comentar ni compartir.

Como un ciego de manos precursoras

Cuando empezó a perder la memoria (digo mal: solo puedo decir cuando yo noté que empezaba a perderla) comenzó a usar mucho más las manos. Llegaba a un lugar conocido y se ponía a tocar cuanto había sobre una mesa, un estante, como un chico toquetón, de esos para cuyas visitas hay que preparar la casa escondiendo objetos o poniéndolos fuera de su alcance. Tomaba un objeto en la mano y lo volvía a colocar no exactamente en el lugar donde lo había encontrado sino levemente corrido hacia la derecha o la izquierda, como quien quiere corregir un error encontrando el emplazamiento justo. Todo esto en silencio y con enorme aplicación. Nunca le pregunté por qué lo hacía aunque más de una vez, de nuevo como a un chico, le dije irritada "por favor no toques nada". Me costaba aceptar que había empezado a poner en práctica, instintivamente, la memoria de las manos. Como la Greta Garbo de *Reina Cristina,* estaba recordando objetos, no para almacenarlos en su mente sino para orientarse en el presente.

Nombres secretos

Dos personas que se quieren se inventan nombres, apelativos absurdos basados en algún secreto o alguna experiencia compartida de la que nadie sabe, nombres a veces infantiles, muchas veces obscenos, ridículos: es el lenguaje del amor, intraducible. En un sueño me encuentro hablando por teléfono con A. y de pronto pasa E. y le digo algo usando un nombre que antes usaba con A. Al oírme decir ese nombre, A. previsiblemente cuelga el tubo. Es tan solo un sueño.

Pienso a veces cuando la visito que ella tenía un nombre para mí, también secreto, que dejó para siempre de usar cuando yo puse fin a nuestra relación. Pienso a veces que en algún lugar de esa memoria agujereada debe estar ese nombre, y así como decimos Pablo cuando queremos decir Pedro, algún día se le escape. Nunca ha ocurrido, ni posiblemente ocurra: la censura provocada por el despecho acaso sea la última en irse, junto con las buenas maneras.

Colaboración

Días pasados me tocó comentar en clase una novela que no leía desde hacía tiempo, una novela que admirábamos, ella y yo, y sobre la cual escribimos juntas un par de artículos. Fue en una época en que a las dos nos costaba escribir y optamos por hacerlo juntas, para ver si la colaboración nos provocaba lo suficiente para seguir adelante, cada una por su lado. No sé si lo hubiéramos hecho con otro texto pero este, en particular, nos desafiaba. Sé que el ejercicio me sirvió y volví a escribir con soltura, no recuerdo si fue el caso para ella.

Al releer la novela la semana pasada me sorprendió la nitidez con que recordaba nuestras conversaciones de entonces; lo que había dicho yo de tal escena de la novela, lo que había dicho ella, como si no pudiera leerla ahora sino a través de aquella vieja lectura que hicimos juntas. Al comentar la novela en clase, emitiendo algunas de nuestras observaciones de entonces como si fueran nuevas, sentí como que nos plagiaba. O mejor: sentí como que la plagiaba a ella, a ella que no se acuerda de haber escrito esos artículos, que no se acuerda de haber leído aquella novela, que no se acuerda de quién es Pedro Páramo, "el marido de mi madre" y "un rencor vivo".

Gata

La gata no está bien. La gata que recogió un 4 de julio, en el umbral de un edificio abandonado, aterrada por los fuegos de artificio y que nunca logró amansar, no está bien. Pienso que cuando la recogió ya había olvidado cómo tratar con los gatos, también esos rituales de seducción se olvidan cuando se pierde la memoria. Recuerdo que la gata durante semanas vivió escondida debajo de un mueble y ella, para hacerla salir, la empujaba con un palo de escoba, como un chico caprichoso.

La gata por fin empeora, ya no come, se queja, es necesario sacrificarla. Alguien se ocupa de eso; no yo. Durante semanas quedan en el mismo lugar los platos donde comía y su cuenco de agua, la palangana donde hacía sus necesidades. Ella no se da cuenta que falta, estará en el dormitorio, dice. Por fin parece olvidar, si cabe el verbo. Por las dudas nunca hablo de gatos cuando la visito.

Gustos del cuerpo

Durante años se negó a comer ciertas cosas, creo que tanto por gusto personal como por prejuicio burgués. El ajo y la cebolla estaban vedados, formaban parte de un conjunto que calificaba, sin ambages, como comida de fonda. En la misma categoría caían ciertos platos, en su mayoría guisos pesados, que solíamos pedir a propósito, un amigo y yo, cada vez que comíamos con ella, a menudo con resultados nefastos para nuestros estómagos que ella celebraba porque consideraba que le daban la razón.

Durante años tampoco comió carne, esta vez no por esnobismo sino por convicción.

Ahora, como dicen de los chicos mañeros que de pronto cambian, come de todo, es decir, le dan de comer de todo. Ella no sabe lo que come: la he visto llevarse a la boca un trozo de carne o una cucharada de sopa de cebolla y me da una pena enorme. A veces, tampoco sabe lo que es comer: me cuentan que se olvida de cuándo tiene que masticar y cuándo no, que a veces traga pedazos de comida enteros y otras masca el yogur.

Me acuerdo de otras desmemorias del cuerpo, la de la madre de N. que, además de haberse olvidado de cómo comer preguntaba para qué servían las piernas:

se reía cuando le decían que se usaban para caminar. Me acuerdo de mi propia madre que, sospecho, murió atragantada (aunque nunca me lo quisieron confirmar) porque se había olvidado de cómo tragar.

Buenamoza

Estás muy linda, me dice, como suele hacerlo cuando al llegar me inclino para besarla. Y vos también, le digo yo, también como suelo hacerlo, como si por enésima vez ensayáramos una escena de una comedia de costumbres. Pero hoy me desvío del libreto, agrego: "estás muy buenamoza", y siento como si le estoy poniendo comillas a la palabra "buenamoza", tan de otra época. De pronto recuerdo una canción que le oíamos tararear a una tía, mi hermana y yo, y que repetíamos de chicas, "yo no soy buenamoza, yo no soy buenamoza, ni lo quiero ser, ni lo quiero ser, porque las buenamozas, porque las buenamozas, se echan a perder, se echan a perder". Y le digo, te acordás, seguro que vos también la cantabas de chica, y se la canto, y se le aclara la cara con una sonrisa, y canta conmigo. Y luego, inesperadamente, a los diez minutos la canta entera, de nuevo. Y luego otra vez. Y luego otra. Y otra.

Finanzas

Una vez por año viene a verla el contador para calcularle los impuestos, el trámite es siempre el mismo. Se lo hace pasar, ella lo saluda como si supiera quién es, él se sienta a la mesa conmigo, le voy pasando los datos, mientras ella, desde el sofá, empieza a preguntar qué es lo que está pasando. Se agita cuando oye la palabra "impuestos", dice estar preocupada, hay que pagarle a este hombre, pregunta, dónde tengo la plata, o —a veces— ¿tengo plata para pagarle?

En una ocasión el contador llamó para decir que llegaba tarde, antes de que L. pudiera atender lo hizo ella, habló en inglés, colgó enseguida, y cuando L. le preguntó qué había dicho contestó que no sabía. Así estuvimos esperando mientras ella preguntaba a cada rato qué hacíamos. Cuando le decíamos que esperábamos al contador decía, con sequedad, "Podría haber llamado para avisar que llegaba tarde, qué desatento, ¿no?". Cuando le decíamos que lo había hecho y que ella lo había atendido preguntaba "¿Y qué me dijo?".

Le había dicho que llegaría una hora más tarde. Lo supimos cuando, a la hora, sonó el timbre.

Tapujo

A. me pregunta por ella, hace años que no la ve, se acuerda siempre, me dice, de un viaje a España que hicieron juntas, las dos invitadas a un mismo simposio. Fue lindo convivir con ella, éramos cómplices, nos reíamos mucho, me contó cosas de su pasado, decía que no había que andar con tapujos, así decía, qué terrible lo que pasó con el padre, ¿no? Sí, el padre murió antes de que ella naciera, digo yo que conozco bien la historia. Parece que eso es lo que le dijeron, me dice A., pero ella me contó lo terrible que fue enterarse años después de que no había muerto, simplemente las abandonó a ella y a la madre y se fue a vivir con otra mujer.

Siento como si algo se desmorona, al punto que cambio de tema. ¿Cómo no voy a saber yo la historia del padre, si me la ha contado más de una vez a lo largo de los cuarenta y cinco años que la conozco, cómo pensar que lo que me ha dicho de su infancia −que después de la muerte del padre, de tuberculosis, creo, la madre tuvo que salir a trabajar porque se habían quedado sin recursos, que prácticamente la crió la abuela, la madre de su madre, que vivía con ellas, formando un trío femenino valiente, patético− es puro invento, la muerte del padre

61

una fabricación necesaria para encubrir la ignominia, el abandono? Pero sobre todo: ¿cómo aceptar que a mí me contó la versión falsa, que solo ahora la enfermedad le permite franquear la interdicción, y entonces solo ante un tercero con quien tiene escaso contacto?

La próxima vez que la veo le pregunto al pasar si se acuerda del padre y me contesta que no porque era muy chica, pero que sí se acuerda de un día en que le dijeron que no iría al colegio porque su papito había muerto, así me dijeron, dice como desacostumbrada al término, "tu papito", y yo les dije qué culpa tiene el colegio, eso les dije, me dice, encantada de su picardía infantil. Como en la conversación con A., cambio rápido de tema.

Pienso, entonces acaso sea verdad lo que le contó a A. Pero también pienso acaso no lo sea, acaso A. ha mezclado la historia con otra que le contó otra persona, o acaso ML. invente ese anuncio de su muerte que cree recordar, aunque sé que es poco probable, el insólito "tu papito" es demasiado puntual. Me tienta la idea de volver a preguntarle por su padre pero sé que no lo haré y que, en el fondo, poco importa. Lo que me cuesta aceptar es que el tapujo haya sido tan fuerte que aún conmigo tuvo que recurrir a él. Lo que me cuesta aceptar también es que acaso haya otros tapujos de los que yo nada sé.

Ser y estar

Acaso lo más difícil del español, para quien lo está aprendiendo, es la diferencia entre los verbos *ser* y *estar*. Recuerdo las veces que, hace años, me tocaba corregir, en vano, los *soy cansado* y *estoy una chica buena* de los estudiantes. Más cerca, en casa, asisto divertida a los intentos de E. por dominar la diferencia. Ayer le oigo decir por teléfono a un amigo común, hablando de mí y como para lucir sus tenues conocimientos, "ella es ausente". Me río, por enésima vez le explico a E. que no se dice así. Pero sí puede decirse, me digo, pensando en ML. Ella sí que *es* ausente.

And yet, and yet. Hoy la llamé como lo hago todas las noches, para ver cómo había pasado el día, y como todas las noches respondió: "Sin novedad". Pero hoy sí hubo novedad: cuando L. le pasó el tubo diciéndole "te llama S.", atendió y me dijo "cómo te va, Molloy". Todavía, en algún recoveco de su mente, no soy ausente: estoy.

Pasajes de memoria

Desde hace unos años –no puedo decir cuándo, acaso desde el ataque a las torres gemelas que me trastrocó tiempos y espacios– me visitan, con cierta regularidad, recuerdos lejanos. Digo mal: no me visitan, más bien irrumpen inopinadamente y me cortan el hilo, de por sí tenue, del pensamiento. Lo que para algunos, supongo, es fuente de nostalgioso placer o melancolía agridulce se vuelve, para mí, una carga a menudo insoportable. Yo quiero ser dueña de mi memoria, no que ella me maneje a mí. Esta acechanza del pasado, casi constante, no solo interrumpe mi presente, literalmente lo invade. Me despierto y decido levantarme, pienso en tomar café y se me presenta la cocina de la casa de mis padres, no la mía, donde me espera la cafetera. En nada se parece mi casa a aquella, y sin embargo cuando la imagino –cuando, por ejemplo, estando en la planta alta pienso en la planta baja– me figuro la planta baja de la otra casa, como si la escalera que estoy a punto de bajar me condujera, sin sutura ni hiato, al otro espacio. Y si estoy abajo, cualquier ruido que oigo en la planta alta, digamos el arrastrar de una silla cuando alguien se levanta, convoca inmediatamente el cuarto de coser donde mi madre y mi tía hacen dobladillos mientras escuchan el radioteatro de turno. Al comienzo esta persistente y desordenada contaminación me pareció atractiva, posible fuente de relatos. Ahora me incomoda; más aún, me inquieta.

Me pregunto si la pérdida de memoria de ML. tiene algo que ver con el exacerbamiento arbitrario de la mía. Si de algún modo estoy compensando, probándome a mí misma que mi memoria recuerda, recuerda aun cuando yo no quiero recordar. Me pregunto también si a ML. no le habrá pasado lo mismo, si habrá padecido también este derroche de memoria, esta contaminación de presente y pasado, antes de empezar a perderla.

Fractura

Hace una semana me atropelló una bicicleta y me rompió la pierna. Pasé días en el hospital, atontada por los calmantes, en una nebulosa durante la cual —me dicen— hablaba animadamente con quienes me venían a visitar y abundantemente por teléfono. No me acuerdo de nada: ni con quién hablé por teléfono ni qué les dije a los que me vinieron a visitar. Recordé, sí, en uno de esos interminables días en que miraba la pared frente a la cama de donde colgaba un abultado televisor, que ML. se había roto el fémur unos años atrás y que la estadía en el hospital la había desquiciado más de lo habitual. Oía hablar a la mujer que ocupaba la cama contigua con alguna visita y decía, molesta: "Quién dejó entrar a esa gente, hay que pedirles que se vayan". O, reparando en un televisor similar al que yo miraba desde mi cama de hospital, nos decía con gran irritación: "Qué hace esa valija allí, no es lugar, hay que bajarla". Se creía en su casa e intentaba poner orden, restaurar la tranquilidad. Lo que no creía es que la pierna operada y ahora vendada fuera suya, la miraba y más de una vez preguntó de quién era; cuando se le dijo que era suya dijo sorprendida ¿ah sí?, como si de repente descubriera algo.

En la semana que he pasado desde mi accidente, en la que no he podido moverme mayormente, ni leer demasiado porque no logro concentrarme, la memoria se ha puesto a trabajar febrilmente. He recordado minuciosamente la familia de mi madre, de mi padre, he pensado en mi hermana, he revivido los años que vivimos juntas en París, he repasado otras largas estadías en París con otra gente, han venido a mí día y noche, sin dejarme dormir o desconectarme, pedazos de pasado, desde lo trivial a lo traumático, con una insistencia molesta, como si el reposo total y la incapacidad de pensar de modo sostenido creara un pozo sin fondo que fuera necesario —mejor: urgente— rellenar para no ceder al pánico. Y pienso en ML., que durante su convalecencia no experimentó ese abarrotamiento digno de Funes, ML. que ni siquiera recordaba haberse roto la pierna aun cuando la tenía delante. Pienso que acaso en esa instancia —y solo entonces— le haya tocado la mejor parte.

Que no lee y escribe

De vuelta de Buenos Aires fui a visitarla, le llevé los consabidos alfajores, te traje un regalito de la patria, le dije, extendiéndole la caja. Ay, qué lindo, qué es, contestó extendiendo la mano para recibirla, como un chico ávido. Mirá la caja, le dije, y me di cuenta de que ya la estaba mirando, y me di cuenta también de que ya no podía leer. Alfajores, le dije, pensando que llegaría el momento en que tampoco sabría lo que quiere decir la palabra "alfajor".

Que sí lee y escribe: quizá

Vuelvo otra vez de Buenos Aires, voy a visitarla, le llevo de nuevo alfajores. Pongo la caja sobre la mesa, es para vos, le digo. Mira la caja, lee "Havanna" y me pregunta qué es. Le señalo el dibujo del alfajor en la caja y reconoce, alfajor, qué rico, dice, como un chico contento. A los diez minutos, señalando la caja, me pregunta qué es. Ya no puede leer "Havanna" pero, mirando la palabra que precede a la marca dice, triunfante, "Alfonsina". En vano le señalo el dibujo del alfajor, no sé qué es, me dice.

Alfajores III

Otro regreso, más alfajores. Te traje un regalito de Buenos Aires, le digo una vez más. Abre el paquete, mira la caja, lee en voz alta "Havanna", qué rico, alfajores, dice.

Proyección

Hablo de exacerbamiento de mi memoria, de contaminación de recuerdos, de listas para no olvidar, y por supuesto de olvidos. De olvidos míos, no suyos: para decir que uno ha olvidado hay que tener una mínima capacidad de recuerdo, palabra que, para ella, ya no tiene sentido (aunque hoy "recordó" el sobrenombre que le habían puesto de chica y que solo usaba su familia: lo repetía, maravillada, como si fuera de otro).

En los días que pasé en el hospital después de mi accidente tuve un sueño raro. Soñé que estaba con una conocida *grande dame* neoyorquina que murió hace unos años. Viva en mi sueño, se lamentaba de no haber asistido al primer desfile de Saint Laurent, ella que luego lo patrocinó con tanto entusiasmo a lo largo de su carrera, él la llamaba "la plus chic du monde", y yo en mi sueño la consolaba, le decía que yo tenía el desfile en mi cabeza y se lo podía mostrar, porque en efecto mi cabeza era un proyector cinematográfico y contenía todo. Acto seguido comenzaba a proyectarle el desfile en su más mínimo detalle en una de las paredes de su biblioteca, con mi cabeza, vuelta Aleph.

Pienso: cómo en otra época le hubiera divertido este cruce de lo literario con lo frívolo a ML., cómo hubiera entendido este sueño. Pienso: no me atrevo a preguntarle si se acuerda de Borges, menos de Saint Laurent, me diría que si los viera se acordaría de ellos.

Ocurrencias

Las visitas son menos entretenidas, ya no está tan ocurrente, le digo a una amiga, se la ve más apagada. Como si estuviera perdiendo ya la respuesta rápida, la capacidad de intervenir con un recuerdo intempestivo o un disparate. Incluso repite salidas, digo, el "estoy bien porque te veo". "¿Y vos no repetís las tuyas?", me dice con razón.

También hay otra explicación, por supuesto. Que la horrible originalidad de la enfermedad se está volviendo, para mí, convencional, otro modo, ahora previsible, de comunicarse. Yo misma entro en la enfermedad, en su retórica, ya nada me sorprende. Esto que tendría que ser, probablemente, un consuelo, me perturba por alguna razón. ¿Porque ya no voy a tener de qué escribir?

Premonición

Tuve un episodio raro, lo consigno aquí porque es el único lugar en el que en estos días hablo de memoria, de la de ML. que va dejando pedazos a la vera de algún camino pero también —hoy por lo pronto— de la mía. Durante varias noches había soñado mal, había tenido sueños de los que recordaba apenas algún detalle (tenían que ver con movimiento, con automóviles que no podían frenar, aun con el freno de mano seguían deslizándose, implacablemente, por barrancas), sueños que me dejaban en un mal lugar, desasosegada, intentando recordar, reconstruir, asirme de fragmentos. Pero ese día fue como si el sueño, cualquiera fuera, continuara en la vigilia, como si mi mente, independiente de mí, pasara de una cosa a otra, intentando captar un desasosiego concreto, una angustia por algo ominoso que estaba a punto de ocurrir pero que ya había ocurrido, algo que yo no podía formular mentalmente ni mucho menos poner en palabras. Sentí un mareo, tuve que sentarme, era como si de pronto tuviera un agujero en el cerebro por el que se desbordaba algo que había sucedido en un tiempo muy remoto pero no en un sueño y que yo no podía recordar. Sonreí, me dijo E., cerrá el ojo derecho, levantá la mano izquierda, y me di cuenta de que estaba cerciorándose de que no estuviera sufriendo un derrame, está bien, dije, "It's not a tumor", como Schwarzenegger en *Kindergarten Cop*, sin ninguna seguridad lo dije, pero haciendo el chiste. Porque algo fue.

Voz

Suena distinta. Habla ahora con una voz ronca, como si estuviera siempre acatarrada. Mejor dicho: como alguien que acaba de despertarse y habla por primera vez después del sueño, con cierta dificultad, la voz todavía en otra parte, desacostumbrada a la vigilia y al diálogo. La voz de quien necesita carraspear para aclararse la garganta antes de decir algo apropiado, acaso ocurrente. La voz como la que debía de tener yo cuando, hace muchos años, me llamaba por teléfono casi todas las mañanas y al oírme me decía "Se ve que todavía no has hablado con nadie". Solo que en ella nada se aclara, todo queda en la bruma: en efecto, es como si no hablara con nadie.

Lengua y patria

Con nadie, me doy cada vez más cuenta, hablo la lengua que hablo con ella, un español si se quiere de entrecasa pero de una casa que nunca fue del todo la mía. Una casa de otra época, habitada por palabras que ya no se usan, que acaso (o no) usaron nuestras madres o abuelas, como *porrazo*, *mangangá*, *creída*, *chúcara*, *a la que te criaste*, y por expresiones de amigos comunes ya muertos, *qué me contás*. Un español hecho de citas, pero entonces qué lenguaje no lo es; hablar es buscar complicidad: nos entendemos, sabemos de dónde somos. El lenguaje, después de todo, crea raíces y alberga anécdotas. Cuando hablo con otros —compatriotas, pongamos por caso— a veces uso alguna que otra de esas palabras o expresiones, cautelosamente, buscando el reconocimiento. A veces se da; otras, no.

Al hablar con ella me siento —o me sentía— conectada con un pasado no del todo ilusorio. Y con un lugar: *el de antes*. Ahora me encuentro hablando en un vacío: ya no hay casa, no hay antes, solo cámara de ecos.

"¿Va o viene este instante?"

Nunca le anuncio que me voy de viaje para no agitarla en el momento, solo a la vuelta le cuento que he estado afuera. Durante el viaje en sí la llamo casi todas las noches sin decirle dónde estoy, sabiendo que da lo mismo, que solo el momento de escuchar mi voz es lo que (acaso) importe, no el de dónde te llamo o el cuándo volvés. Igual me siento algo farsante, como cuando llamo de mi celular estando en casa para decir que no puedo ir a algún lado porque estoy afuera.

Hoy la llamé al volver y, sabiendo que solo el anuncio de las idas la agitan y no las vueltas, le dije que había estado de viaje y acababa de llegar. ¿Hasta cuándo te quedás?, me preguntó. Con eso me desarmó, me hizo sentir de paso, desubicada. No, no, yo vivo aquí, pensé decirle. Pero la corrección no valía la pena. ¿Dónde es aquí para ella? (¿O para mí?).

Volver

Anoche soñé que estaba como antes, lúcida, la memoria intacta. Me contaba que había decidido regresar a la Argentina, volver a terminar su vida allí. Esto me lo decía muy serena, como quien ha tomado una decisión después de mucho pensar, hasta casi contenta. Sonreía, movía la cabeza y sacudía el pelo que tenía largo, como nunca lo tuvo, pero a pesar de eso yo sabía que era ella. Al despertar recordé que por la tarde yo había estado leyendo un relato de regreso, donde un personaje vuelve al país que ha dejado hace muchos años con la ilusión de reanudar —o inventarse— la vida que cree recordar y que añora, una vida mejor. En cambio encuentra un país militarizado, un arresto arbitrario, y por fin la muerte. Y pensé que de algún modo en mi sueño le estaba trasladando la anécdota a ella, como para corregir ese cuento despiadado. Porque solo el olvido total permite el regreso impune; de algún modo ella ya ha vuelto.

Interrupción

Siento que dejar este relato es dejarla, que al no registrar más mis encuentros le estoy negando algo, una continuidad de la que solo yo, en esas visitas, puedo dar fe. Siento que la estoy abandonando. Pero de algún modo ella misma se está abandonando, así que no me siento culpable. Casi.

CHARCO PRESS

Directora editorial: Carolina Orloff
Editor y coordinador: Samuel McDowell

www.charcopress.com

Para esta edición de *Desarticulaciones* se utilizó
papel Munken Premium Crema de 90 gramos.

El texto se compuso en caracteres
Bembo 11.5 e ITC Galliard.

Se terminó de imprimir en el mes de julio de 2022
en TJ Books, Padstow, Cornwall, PL28 8RW, Reino Unido
usando papel de origen responsable en térmimos
medioambentales y pegamento ecológico.

MIX
Paper from
responsible sources
FSC® C013056